AF356973

CONDITIONS DE LA VENTE

Elle sera faite au comptant.

Les Acquéreurs paieront, en sus du prix de chaque adjudication, 5 centimes par franc, applicables aux frais.

Aucune réclamation ne sera admise une fois l'adjudication prononcée.

19 Novembre 1884.

VENTE

Des Mercredi 19 et Jeudi 20 Novembre 1884

HOTEL DROUOT, SALLE N° 4

OBJETS D'ART

Coffrets marocains en marqueterie,
Porcelaines de Sèvres, de Chine, Faïences anciennes,
Objets de vitrine, Argent, Bronzes, Ivoires.

TABLEAUX ANCIENS ET MODERNES

Tapisseries, Étoffes

MANUSCRITS DES XVIe ET XVIIe SIÈCLES

LIVRES MODERNES

Histoire, Géographie, Sciences. Littérature, etc.

Meubles, Pendules, Glaces

OBJETS DIVERS

Me Robert LE SUEUR. Commissaire-Priseur,
29, rue Le Peletier.

M. GANDOUIN	Me MARTIN
Expert,	*Libraire-Expert,*
42, rue Le Peletier.	18, rue Séguier.

EXPOSITION PUBLIQUE

Le Mardi 18 Novembre 1884, de 1 heure 1/2 à 5 heures.

RAPIDE

VENTE

Des Mercredi 19 et Jeudi 20 Novembre 1884

HOTEL DROUOT, SALLE N° 4

OBJETS D'ART

Coffrets marocains en marqueterie,
Porcelaines de Sèvres, de Chine, Faïences anciennes,
Objets de vitrine, Argent, Bronzes, Ivoires.

TABLEAUX ANCIENS ET MODERNES

Tapisseries, Étoffes

MANUSCRITS DES XVIᵉ ET XVIIᵉ SIÈCLES

LIVRES MODERNES

Histoire, Géographie, Sciences, Littérature, etc.

Meubles, Pendules, Glaces

OBJETS DIVERS

Mᵉ ROBERT LE SUEUR, Commissaire-Priseur,
29, rue Le Peletier.

M. GANDOUIN	Mᵉ MARTIN
Expert,	*Libraire-Expert,*
42, rue Le Peletier.	18, rue Séguier.

EXPOSITION PUBLIQUE

Le Mardi 18 Novembre 1884, de 1 heure 1/2 à 5 **heures**.

D C 5 4 1 2

DÉSIGNATION

LIVRES — MANUSCRITS

1 — Les Chroniques de Froissart publiées par Mme de Witt. Hachette, 1881, gr. in-8, demi-rel. mar. Planches en couleur.

2 — Chansons normandes du quinzième siècle publiées par Gasté. Caen, 1866, in-8, mar. rouge.

3 — Œuvres de Rabelais, publiées par Sardou, 1874. 3 vol. in-12, demi-rel. mar.

4 — Œuvres de Molière. Paris, Hachette, 1873. 5 vol. in-8, demi-rel., non rogné.

5 — Œuvres de Racine. Paris, Hachette, 1865, 8 vol. in-8, demi-rel., non rogné.

6 — Œuvres de La Fontaine. 1826, 6 vol. in-8, demi-rel.

7 — Œuvres de Montesquieu. 1827, 7 vol. in-8, demi-rel. mar.

8 — Œuvres de J.-J. Rousseau. 1829, 17 vol. in-8, demi-rel.

9 — Œuvres de Chateaubriand. 4 vol. gr. in-8, demi-rel. Fig.

10 — Œuvres de C. Delavigne. 1833, 5 vol. in-8, demi-rel. Fig.

11 — Œuvres de V. Hugo. Paris, Houssiaux, 1878. 19 vol. in-8, demi-rel. mar.

12 — Les Contes drôlatiques de Balzac, illustrés, par G. Doré. 1855, in-8, demi-rel. mar., non rogné. Premier tirage.

13 — Le Livre d'or de Victor Hugo par l'élite des
artistes et des écrivains contemporains. Paris,
Launette, 1883, in-4, demi-rel. mar. Épreuves
avant la lettre.

14 — Le Père Duchesne d'Hébert par Ch. Brunet. 1859,
in-12, mar. rouge. Exemplaire sur parchemin.

15 — Marat, l'Ami du Peuple, par Ch. Brunet. 1862,
in-12, mar. rouge. Exemplaire sur parchemin.

16 — Albums d'histoire naturelle. Recueil de dessins à
l'aquarelle finement exécutés. 3 vol. in-4,
demi-rel.

17 — Œuvres de Buffon et Lacépède. 1839, 8 vol. gr.
in-8, demi-rel. Fig. coloriées.

18 — La Terre par E. Reclus. Hachette, 1869, 2 vol.
gr. in-8, demi-rel. Fig.

19 — Nouvelle Géographie universelle par E. Reclus.
Hachette, 1876-1880, 5 vol. gr. in-8, demi-rel.
Fig.

20 — Le Monde de la mer par Frédol. 1866, gr. in-8,
demi-rel. Fig.

21 — Le Ciel, par Guillemin. 1866, gr. in-8, demi-rel.
Fig.

21 *bis* — Les Fleurs animées par Grandville, Paris, de
Gonet, 2 tomes en 1 vol. gr. in-8, demi-rel.
non rogné.

22 — La Hollande à vol d'oiseau par Havard. Eaux-
fortes par Lalanne. 1882, in-4, demi-rel. mar.

23 — Répertoire et Minutes de Delafont, notaire royal
à Montfalcon. 1574-1662. 23 vol. in-4, parch.
Recueil manuscrit des seizième et dix-septième
siècles, renfermant de précieux documents pour
l'histoire locale du Dauphiné.

24 — Quantité de volumes modernes : histoire, géographie et science. (Ce lot sera divisé.)

TABLEAUX

25 — G. Bellanger. Nymphe couchée.

26 — Berré. Taureau.

27 — Berkeyden. Tableau-horloge.

28 — Boucher (École de). Vénus au bain (pastel).

28 *bis*. — Bourguignon. Bataille.

29 — Breughel. Nature morte.

30 — A. Cesbron. Pommes.

31 — Clément. Les Violettes (aquarelle).

32 — Clément. Chrysanthèmes (aquarelles).

33 — Corot. Vue de Rome.

34 — Corot (attribué à). Le Port de la Rochelle.

35 — École chinoise. Peinture sous verre.

36 — Coxie. Le Désert.

37 — J.-B. Dejonghe. Paysage (sepia).

38 — C. Delacroix. La Tentation.

39 — Van Elven. Vue de Rotterdam.

40 — Freundt. Vue de Suisse.

41 — Freundt. Une Falaise.

41 *bis*. — Freundt. Marine.

42 — Fragonard (attribué à). Tète de jeune femme.

43 — École espagnole. Grande aquarelle sous verre représentant le théàtre de Madrid pendant le carnaval.

44 — École française. Le Jardinier du couvent et les Oies du frère Philippe.

45 — École française. Portrait de femme (miniature).

46 — École française. Portrait d'homme.

47 — Gibbon. Étang de Villebon.

48 — Guillemet. Cour de ferme.

49 — Gambogi. Un Oiselier.

50 — J. Hereau. Paysage.

51 — Van Hals. Un Buveur.

51 *bis*. — Hamilton. Deux tableaux oiseaux.

52 — École italienne. Paysage.

53 — Ingres (attribué à). Portrait de Mme Lœtitia
       Bonaparte (miniature).

54 — Jundt. 5 dessins au crayon.

55 — Jungbluth. Sainte Cécile.

56 — École italienne. Jésus et saint Thomas.

57 — Lapito. Sous bois.

58 — Claude Lorrain (d'après). Deux paysages.

59 — Lafon. La Nuit.

60 — Monnier (attribué à). M. Mayeux.

61 — École moderne. Femme nue couchée.

62 — P. Martin. Paysages (deux aquarelles).

63 — Noterman. Scène d'intérieur.

64 — Ostade (d'après). La Lecture de la gazette.

65 — Pigal. L'Invitation forcée. (aquarelle).

65 *bis*. — Pascuti. La Scala (gouache).

66 — Rembramdt (d'après). Abraham renvoyant Agar.

67 — Sadoma. Le bon Pasteur (morceau de fresque).

67 — Venet (École de). Clair de lune.

69 — Wattier. Une Pastorale (dessin rehaussé).

70 — Zarbaran. Tête de moine.

70 *bis*. — Withoos. L'Abondance (cadre bois sculpté).

71 — Album contenant environ 100 planches gravées
       sur chine de l'École anglaise.

72 — Carton contenant environ 50 croquis, paysages
       et gravures.

FAÏENCES ET PORCELAINES

73 — Écuelle en porcelaine de Sèvres, décor d'oiseaux en réserves sur fond bleu.

74 — Deux grands plats en porcelaine du Japon, décor bleu, chinois.

75 — Deux autres, décor de paysages.

76 — Deux autres, décor de paysages.

77 — Quatre petits plateaux porcelaine du Japon, décor bleu.

78 — Plat Japon, décor polychrome, vase de **fleurs**.

79 — Autre plat, décor de rondelles.

80 — Autre analogue.

81 — Plat Japon, décor de fleurs.

82 — Six plateaux Japon, décor polychrome.

83 — Quatre plateaux en émail cloisonné du Japon.

84 — Plat Japon, décor bleu.

85 — Cinq assiettes en porcelaine de Chine de la famille rose, décor polychrome.

86 — Trois assiettes Chine, décor polychrome.

87 — Grand compotier en porcelaine de l'Inde, décor de fleurs.

88 — Plat à barbe, porcelaine de l'Inde, décor rose.

89 — Deux assiettes analogues.

90 — Six plateaux en porcelaine de Chine de la famille verte, décor polychrome.

91 — Plat creux rond analogue.

92 — Grand plat Chine, décor polychrome à fleurs.

93 — Jardinière carrée Japon, décor bleu.

94 — Onze assiettes genre Sèvres, décor polychrome; sujets d'après Teniers et Marli, bleu à rehauts d'or.

95 — Plat en porcelaine de l'Inde, décor polychrome.
96 — Six plateaux porcelaine de Ludwisbourg, décor bleu.
97 — Deux petits vases Japon Magasaki.
98 — Dix assiettes en faïences diverses. (Sera divisé.)
99 — Dix petits plateaux ronds en ancienne faïence de Delft, décor bleu.
100 — Quatre autres, décor polychrome.
101 — Deux grands plats en faïence de Delft, décor bleu.
102 — Plat en Delft, décor polychrome.
103 — Deux chiens assis, en faïence de Delft.
104 — Deux cachepots faïence de Strasbourg, décor de fleurs.
105 — Plaque rectangulaire en Castelli, représentant saint Pierre.
106 — Autre analogue. Mise au tombeau.
107 — Coupe en faenza, décor jaune.
108 — Cuvette et pot à eau en Moustiers, décor de grotesques en jaune.
109 — Assiette faïence, au carquois, décor imité de Rouen.
110 — Deux vases faïence, de goût persan, à rehauts d'or.
111 — Coupe, monture bronze.
112 — Coupe, genre Japon, monture bronze.
113 — Deux plats décorés. Pêcheuses de Cancale.
114 — Trois plats décorés. Monuments et personnages.
115 — Deux plateaux. Têtes de jeunes femmes.
116 — Deux plats avec personnages.
117 — Deux plaques carrées. Vues de ville.
118 — Deux petits vases Chine, fabrique de Canton.
119 — Coupe en ancien émail cloisonné du Japon.
120 — Théière Japon, fabrique de Raga.
121 — Deux potiches, décor bleu, faïence de Delft.
122 — Deux petits sabots Delft.
123 — Jardinière en Gien, décor camaïeu.

BRONZES

124 — Grand cartel bronze représentant le jour et la nuit (modèle).

125 — Pendule de l'époque Louis XVI, bronze ciselé et doré.

125 *bis*. — Pendule bronze et marbre. La Science.

126 — Deux candélabres bronze vert et bronze doré.

127 — Pendule et deux coupes marbre blanc et bronze doré.

128 — Lustre hollandais à six lumières.

129 — Deux flambeaux bronze argenté, époque Louis XVI.

130 — Deux autres.

131 — Petit vase à trois pieds, bronze chinois.

132 — Presse-papier miroir, bronze chinois.

133 — Coffret vide-poche, verre et bronze argenté. Maison Groux.

134 — Christ en bronze, d'après Bouchardon (modèle).

135 — Petit buste en bronze. Le Printemps, d'après Clésinger.

136 — Glace de toilette, cadre style rocaille orné de guirlandes.

137 — Autre analogue.

138 — Pendule de voyage, bronze doré et argenté, aux angles les Saisons.

139 — Statuette en bronze antique.

140 — Sphinx en bronze.

141 — Petite clochette en bronze du seizième siècle.

142 — Grande pendule, écaille noire et marqueterie de cuivre, modèle de Boule dit aux Chevaux.

143 — Joli petit miroir à main, en fer ciselé et repoussé.

MEUBLES — CURIOSITÉS

144 — Bibliothèque en chêne sculpté, style Louis XIV.

145 — Grande armoire Louis XIII, chêne sculpté.

146 — Horloge hollandaise à double sonnerie, cage Louis XIV avec figures dorées. Signé Van Hacken.

147 — Grand coffre en marqueterie de Certosine.

148 — Cabinet en laque du Japon.

149 — Coffret marocain, marqueterie de nacre, couvercle à angles tronqués.

150 — Autre, plus grand que le précédent, et dont le couvercle est à coulisse.

151 — Miroir à deux portes, formant tryptique, marqueterie de nacre.

152 — Coffret vertical, même travail, formant cabinet.

153 — Psyché de toilette à trois tiroirs de même travail.

154 — Coffret, couvercle à angles tronqués, marqueterie de nacre.

155 — Autre analogue.

156 — Écran, bois sculpté et feuille en soie brodée.

157 — Deux groupes de trois enfants en bois sculpté.

158 — Bas-relief, bois sculpté. La Descente de Croix.

159 — Deux verres de Bohême anciens, surface gravée.

160 — Deux carafes hollandaises, verre gravé.

161 — Petit modèle de rouet et dévidoir en bois tourné.

162 — Narghilé, verre émaillé, monture argent.

163 — Quatre bas-reliefs en cire, représentant le Ciel, l'Enfer, le Purgatoire et l'Innocence.

164 — Plaque en émail, représentant la Vierge.

165 — Broderie de soie, Sainte-Famille, époque Louis XIV.

166 — Store chinois kakemonos.

167 — Armorial de famille, arbre généalogique.
168 — Canon de fusil, turc en fer gravé.
169 — Défense de narval en ivoire.
170 — Lot de cannes anciennes, à poignées en argent et
bois sculpté. (Sera divisé.)
171 — Portrait en marbre du Dr Pinel.
172 — Deux petits obélisques marbre.
173 — Plaque pour guéridon en marbre, mosaïque formant damier.
174 — Statuette marbre, représentant Moïse enfant
couché.

OBJETS DE VITRINE

175 — Tryptique en ivoire sculpté. Mariage de saint
Louis.
176 — Petite boussole ivoire, époque Louis XIV.
177 — Deux petits modèles d'éperon en fer.
178 — Étui persan, marqueterie de cuivre et de nacre.
179 — Bonbonnière ovale, caillou du Nil, monture or.
180 — Sept camées divers. (Sera divisé.)
181 — Boîte rectangulaire, cuivre doré, émail cloisonné
français.
182 — Boîte jaspe, monture argent ciselé.
183 — Tabatière coquillage, monture argent.
184 — Tabatière or guilloché et émaillé.
185 — Bonbonnière porcelaine de Saxe, décor oiseaux.
186 — Bonbonnière porcelaine de Saxe, décor de fleurs.
187 — Bonbonnière carrée avec figures en relief.
188 — Bonbonnière argent à double compartiment.
189 — Cafetière argent gravé époque Louis XVI.
190 — Collier, bracelet, boucles d'oreilles, broche, trois
bagues argent, travail kabyle orné de pierres.

191 — Bracelet turc en argent orné de corail.

192 — Deux boucles d'oreilles ornées de corail.

193 — Décoration maçonnique.

194 — Petit cygne argent.

195 — Deux défenses de sanglier formant croissant, monture argent.

196 — Couvert de trois pièces en argent doré, niellé et émaillé, art russe.

197 — Bonbonnière ronde avec miniature.

198 — Bonbonnière ronde en bois avec sujets des fables de La Fontaine.

199 — Quatre netskés, sujets divers.

TAPISSERIES — ÉTOFFES

200 — Tapisserie verdure avec bordures.

201 — Panneau tapisserie verdure avec oiseaux.

202 — Tapisserie verdure avec vue de château.

203 — Tapisserie verdure avec cours d'eau et château.

204 — Portière tapisserie feuillage.

205 — Tapisserie avec petits personnages et oiseaux.

206 — Morceau tapisserie verdure.

207 — Couvre-lit portugais en étoffe brodée de soie.

208 — Tapis de prière, broderie sur feutre, travail turc.

209 — Jupon en broderie espagnole.

210 — Deux tentures chinoises peintes.

211 — Lot de chappes et chasubles. (Sera divisé.)

212 — Objets non catalogués.

Paris. — Thivet-Rapide et Réverdot, 8, rue Drouot et 2, rue Brémontier.

RED. :

18

MIRE ISO N° 1
NF Z 43-007
AFNOR
Cedex 7 - 92080 PARIS-LA-DÉFENSE
379.89.70
graphicom
0 1 2 3 4 5 6 7 8 9 10

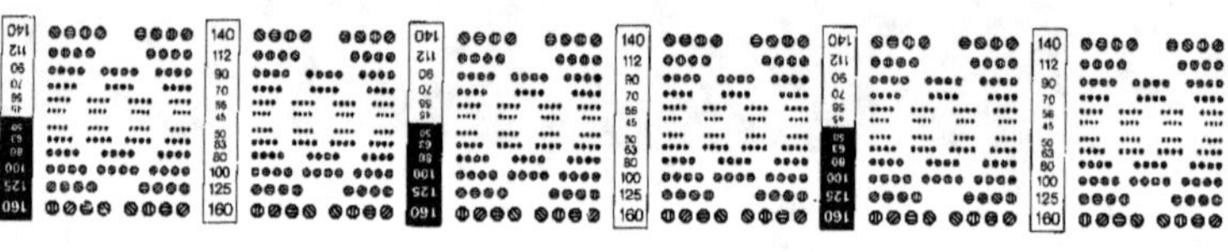

www.ingramcontent.com/pod-product-compliance
Lightning Source LLC
LaVergne TN
LVHW011508170726
843501LV00009B/3678